LES PRÉTENDANTS,

ÉPITRE

A MONSEIGNEUR LE DUC D'ORLÉANS,

Dédiée, après sa mort,

A MADAME LA DUCHESSE D'ORLÉANS

ET AU COMTE DE PARIS.

Par Florimond Levol.

LYON,

IMPRIMERIE DE LOUIS PERRIN.

—

1844.

1843

A SON ALTESSE ROYALE

Madame la Duchesse d'Orléans.

Quand l'hymen vous offrit l'espoir d'un trône en France,
Princesse, sur la foi de nos plus mauvais jours,
On ne voyait pour vous que périls et souffrance
Sur des bords où les rois doivent trembler toujours.

Mais vous, sans remonter si loin dans notre histoire,
Vous saviez que jamais peuple plus offensé
Ne s'était, mieux que nous, souvenu de sa gloire,
Et par plus de clémence absous de son passé.

D'un pays libre et fier future souveraine ,
Et ne vous unissant qu'aux bienfaits du pouvoir ,
Vous saviez que toujours il dépend d'une reine
D'éviter les destins qu'on vous faisait prévoir.

Par la France adoptée, une autre dynastie ,
Avait de sa grandeur salué le retour ,
Et , dans son vain effroi , l'Europe démentie
L'a pu voir avec vous partager notre amour ;

Cependant aujourd'hui le deuil vous environne ;
La tombe , avant le temps , s'ouvre pour votre époux ,
De votre jeune front s'échappe la couronne ,
Et tout , hormis nos cœurs , tout est changé pour vous.

Mais un peuple a gémi de cette perte amère,
Et le Ciel que , pour vous , implorent ses douleurs ,
En accablant l'épouse épargne au moins la mère,
Et vous laisse deux fils pour essuyer vos pleurs.

Et l'un d'eux sera roi, roi comme aurait su l'être
Le prince, espoir d'un siècle, en sa course arrêté ,
Dont le cœur approuva ces vers qu'avait fait naître
L'amour de la patrie et de la liberté.

Patrie et liberté! mots que, dans tous les âges,
Les peuples ont redit en luttant pour leurs droits ;
Mots qui mettent le trône à l'abri des orages ,
Quand ils sont répétés par les enfants des rois.

Par vous des jours lointains qu'ils fondent l'espérance ,
Et , sans briller au rang qui vous était promis ,
Vous nous ferez encore adorer la puissance
Qu'une mère a toujours sur le cœur de son fils.

Préparez-le d'avance au sort qui le réclame,
Nommez-lui tous les rois qui se sont fait bénir.
Que toutes vos vertus , en passant dans son âme ,
Assurent pour jamais son royal avenir !

Janvier 1844.

L'auteur, en envoyant cette Epître à feu Monseigneur le Duc d'Orléans, y avait joint une lettre pour le Secrétaire des commandements de S. A. R., M. Boismilon, auquel il rappelait quelques souvenirs personnels. Le Prince lui fit faire là réponse suivante :

Tuileries, le 28 Juin 1841.

Monsieur,

Les souvenirs personnels que vous voulez bien me rappeler dans votre lettre ont encore ajouté à l'empressement avec lequel je ne pouvais manquer de mettre sous les yeux de Monseigneur le Duc d'Orléans l'Epître en vers que vous adressez à Son Altesse elle-même. Le plaisir qu'elle avait eu à lire précédemment votre Epître au Roi était la meilleure recommandation pour votre nouvel envoi, et elle a été heureuse de retrouver sous l'expression piquante de votre talent des pensées qui depuis longtemps sont les siennes.

Le Prince royal me charge de vous transmettre ses remercîments pour un hommage qu'il aimera toujours à se rappeler.

Recevez, Monsieur, etc.

Le Secrétaire des commandements du Prince royal,

BOISMILON.

LES PRÉTENDANTS,

ÉPITRE AU DUC D'ORLÉANS.

Avant qu'un héritier, attendu par la France,
Eût de ta dynastie affermi l'espérance,
Par le peuple accueillis comme ils le sont toujours,
Prince, deux fils de rois étaient nés de nos jours.
Faisant au deuil public succéder l'allégresse,
Chacun d'eux, à son tour, inspira même ivresse,
Et, sans troubler encor leurs cerveaux innocents,
Autour de leurs berceaux fuma le même encens.
De toutes les vertus dotés dès leur naissance,
Ils devaient doucement grandir pour la puissance...
Les poëtes fameux de deux règnes divers,
· Oracles du moment, l'affirmaient en beaux vers ;

Mais ces enfants de rois , tous deux bien légitimes ,
D'erreurs qu'ils ignoraient également victimes ,
Redoutés pour leurs droits, et pour leur nom punis ,
Du sol qui les vit naître également banni ,
Prouvent qu'en se mêlant à ces royales fêtes
Les poëtes de cour sont de mauvais prophètes.

Quand le sort irrité vient démentir leur voix ,
Prendre dans son berceau le successeur des rois ,
Et , sur le jeune enfant exerçant son caprice,
L'arracher, pour l'exil, du sein de sa nourrice ;
Pour se justifier de tant d'oracles vains ,
Ils disent froidement qu'ils n'étaient pas devins.....
Comme s'ils n'avaient pas prédit, sans les connaître,
Ces vertus , ces talents qui ne devaient pas naître ;
Comme s'ils ignoraient ce qu'après tant d'amour
Le peuple de ses rois doit décider un jour ,
Quand les flatteurs , montrant un ciel toujours propice,
Couvrent, pour eux , de fleurs les bords du précipice.
Pourquoi les abuser de si lâches discours ?
Pourquoi des vers si longs, pour des règnes si courts ?

Ah ! sans laisser du trône entrevoir la vacance,
Signalons-en l'écueil par une autre éloquence !
Près du berceau royal où repose vermeil
L'enfant dont rien encor ne trouble le sommeil ,
Réclamons, d'une voix que le peuple révère,
Pour les rois qu'il se donne un respect plus sévère ,
Et disons à quel prix un règne encor lointain
Peut obtenir du Ciel un plus heureux destin..

On compare souvent à la mer irritée
Contre ses souverains la foule révoltée ;
Mais on voit de nos jours , à l'abri des revers ,
Les vaisseaux affronter les gouffres entr'ouverts ,
Et malgré les écueils , la foudre et les orages ,
Franchir impunément ces terribles passages
Où jadis à la fois navire et matelots
Se fussent sans retour abîmés sous les flots.

Quand le peuple , essayant sa force et son génie ,
Secoue, en un seul jour, mille ans de tyrannie ,
Mais, par la trahison à punir excité ,
Du supplice d'un roi flétrit sa liberté ;
La royauté , de crime et non de torts exempte ,
Sous le fer des bourreaux redevient innocente ,
Et, grâce à ses malheurs, le monarque abattu
Ne semble avoir péri que par trop de vertu.

Tel n'a pas su prévoir, tel brave la tempête ;
Le plus prudent la fuit, le plus ferme l'arrête ,
Et le peuple en courroux, dans ses flots orageux,
N'engloutit pas toujours les nochers courageux.

Du mal qui le tourmente il faut chercher la cause ,
Connaître ce qu'il veut et savoir ce qu'il ose.
Le pâtre des vallons, dans un ciel vaste et pur,
Voit l'orage où nos yeux n'admirent que l'azur ;
A suivre ses conseils le voyageur hésite ,
Et, tandis qu'il s'égare à l'aspect d'un beau site ,

Les nuages soudain obscurcissant les cieux,
Prêts à fondre sur lui, roulent silencieux.
Au moment où leur choc va remuer le monde,
L'écho sourd et lointain du tonnerre qui gronde
Semble encor n'avertir que le pâtre des monts.
O rois! qu'au moins pour nous quelquefois nous aimons,
Lorsque du sol muet vous approchez l'oreille,
Ne saurez-vous jamais quand la foudre s'éveille?

Mais qui peut l'annoncer chez un peuple inconstant
Qui fait, défait, refait son œuvre à chaque instant
Fonde sa liberté, la veut d'abord immense,
Ensuite la restreint, et toujours recommence;
Qui croit avoir choisi le prince qu'il lui faut,
Mais n'en compte pas moins le trouver en défaut,
Ne cesse de lui faire une guerre insensée,
Et prétend mieux que lui connaître sa pensée?

Ne l'a-t-il pas assez proclamée en dix ans?
Sans jamais écouter la voix des courtisans,
Sans jamais obéir à l'émeute en furie,
En vain il n'a songé qu'au bien de la patrie,
En vain, pour accomplir les plus sages desseins,
Il a bravé cinq fois le fer des assassins,
Et, malgré tant d'assauts livrés à sa vieillesse,
N'a trahi ni chagrin, ni terreur, ni faiblesse;
Se méfiant toujours de ce cœur si français,
Si jaloux de sa gloire et de tous nos succès,
On feint de redouter, pour notre indépendance,
Sa fierté, son courage et jusqu'à sa prudence!...

On n'y regardait pas de si près autrefois,
Et tel qu'on les avait on conservait ses rois.
La gloire, huit cents ans se greffant sur leur tige,
Sut les environner d'un utile prestige ;
Mais l'intérêt, dit-on, ignoble et frêle appui,
Est le seul fondement des trônes d'aujourd'hui :
Aussi pour leurs enfants, grâce à ce beau système,
L'exil est toujours près des pompes du baptême,
Et l'onde sainte à peine a séché sur leur front,
Qu'on demande déjà sur quels bords ils mourront.

Prince, j'aime à penser, avec ta jeune épouse,
Que la France, malgré la fortune jalouse,
Libre enfin sous des rois qui comprendront ses vœux ,
Verra leur trône un jour passer à leurs neveux.
Qui pourrait en douter, lorsqu'une jeune mère,
Enchaînant des partis la fureur éphémère ,
D'un fils, par ses vertus, protége la grandeur,
Et, modèle d'esprit, de grâce, de candeur,
Joint, pour lui conserver sa couronne future ,
Le plus noble courage à l'âme la plus pure !

Mais si, pour te l'ôter, de jeunes imprudents
S'en viennent, décorés du nom de *Prétendants* ,
Nous promettant toujours un règne plus prospère,
Redemander le sceptre ou d'un oncle ou d'un père,
Du fond de leur cercueil l'immortel conquérant
Qui, seul parmi les siens, se montra toujours grand,
Ou les soixante rois qui composent leur race
Seront tous impuissants pour les remettre en place.

L'amour d'un peuple libre est un meilleur soutien :
C'est celui de ton père, et ce sera le tien !
Les grands noms d'autrefois ont perdu leur magie,
Les rois n'ont plus besoin de généalogie.
Tu tiens également à tes soixante aïeux ;
Mais on a déroulé leur chronique à tes yeux,
Et tu vois à merveille, en lisant leur histoire,
Que, pour un autre temps, il faut une autre gloire.

Mais rien ne sert d'exemple à d'aveugles rivaux
Qui semblent ignorer à quels dangers nouveaux,
A quel triste destin leur erreur les expose,
Et sur quels fondements la royauté repose.

Neveu d'un empereur, l'un, monarque avorté,
N'obtient qu'une prison par droit de parenté ;
L'autre, rêvant toujours au sol héréditaire,
Laisse venir le temps et croît dans le mystère,
Et, pour le prix d'un trône, espère nous offrir
Ce qu'un peuple sans lui saura bien conquérir.
Mais, pendant qu'il languit dans une longue attente,
Quels services brillants, quelle gloire éclatante
Vont le recommander aux yeux de l'univers ?
Il a de son aïeul partagé les revers ;
Mais que sa main repousse un funeste héritage,
S'il n'a pas de l'exil profité davantage,
Et si le descendant de tant de rois fameux
Laisse toujours penser qu'il régnerait comme eux !

Quel serait son cortége après vingt ans d'absence ?
Il s'environne encor de grands noms sans puissance ;

Mais des vieux serviteurs qui rêvent son retour,
En verrait-il un seul pour fêter ce beau jour?
La mort, dans tous les siens, va le frapper sans cesse,
Reprenant, pour les cieux, cette auguste princesse,
Qui n'a, de son aurore à son triste déclin,
Qu'infortune à montrer au royal orphelin;
Et ce prince, vieillard sans vertu ni sans vice,
D'une héroïque épouse époux toujours novice,
Qui, devant nos soldats, moins guerrier que chrétien,
Ne put, de son neveu seul et dernier soutien,
Près de voir pour jamais sa race anéantie,
Même en cédant son tour, sauver sa dynastie.

Tandis qu'autour de toi de nombreux successeurs
Se joindront à l'essaim de frères et de sœurs,
Rameaux assez nombreux et tige assez féconde
Pour remplir à la fois tous les trônes du monde;
Et, groupés non loin d'eux, nobles et magistrats,
Vieillards comblés d'honneurs, fatigués d'être ingrats;
Titulaires d'emplois, invincible cohorte,
Appui toujours constant du parti qui l'emporte;
Journalistes fiévreux, orateurs turbulents;
Prêtres toujours craintifs, guerriers toujours vaillants,
Compagnons de ta gloire, amis de ton enfance,
Seront, au jour marqué, tous prêts pour ta défense!
S'armant de ce qu'elle a de plus grand, de plus fort,
La France, unie à toi, prouvera sans effort
Qu'elle peut au plus digne assurer la couronne,
Quand, pour la maintenir, la liberté la donne.

Enfants déshérités de ces rois absolus
Que leurs fautes, du trône, à jamais ont exclus,
N'invoquez plus l'éclat des vieilles renommées,
L'amour des citoyens, le regret des armées...
Rien ne parle pour vous, rien en votre faveur
Ne peut ressusciter une antique ferveur ;
Le temps a de vos droits effacé tout vestige,
Depuis ces jours de sang, de deuil et de vertige,
Où le peuple mettait votre pourpre en lambeaux
Et poursuivait les rois jusques dans leurs tombeaux.
Nous donnons à présent un autre exemple au monde :
Sans crime, sans combat, la liberté se fonde,
Et, favorable à tous, un pacte solennel
Fait régner désormais un accord éternel
Entre le peuple, aux lois jurant obéissance,
Et le roi, sous leur frein, enchaînant sa puissance,
Sans que peuple ni roi perdent jamais l'espoir,
L'un d'agrandir ses droits, et l'autre son pouvoir.
Mais ce qui rend surtout le trône inébranlable
Contre ces Prétendants de mérite semblable,
Par d'éternels complots annonçant leurs bienfaits,
C'est de savoir tenir les serments qu'on a faits.

Ainsi, gardé par toi, ton royal héritage,
Prince, de tes enfants deviendra le partage ;
Ton cœur, pour en répondre, a devancé mes chants ;
En exprimant nos vœux j'ai décrit tes penchants,
Et, pour la liberté que j'ai toujours chérie,
J'ai pu, sans te flatter, rassurer ma patrie,

En montrant à quel prix, sous de nouvelles lois,
Le sceptre peut rester entre les mains des rois.
Heureux qui sait unir au talent de leur plaire
L'art de se procurer un succès populaire !
Pour ne pas succomber sous un pareil effort,
Le poëte lui seul n'est jamais assez fort ;
Il faut que la vertu dont il est l'interprète
Inspire son hommage, et que le trône y prête.
Prince, ta cause est bonne, et tu peux, sans effroi,
Voir éclore ces vers pour ton fils et pour toi !

www.ingramcontent.com/pod-product-compliance
Ingram Content Group UK Ltd.
Pitfield, Milton Keynes, MK11 3LW, UK
UKHW020206080726
13614UKWH00006B/2649